KB263066

대청봉

전시우 시집

시인의 말

고등학교 시절,

박태기 국어 선생님은 말씀하셨다

"글은 마음의 거울이며 삶을 비추는 창이다."

그 한마디,

내 마음의 밭에

깊이 뿌리내린 채 살아왔다

퇴역 후

선생님의 가르침은 내 안에 잠든

문학의 샘을 터뜨려 마침내 시로 피어났다

두 번째 이 시집을 존경하는 스승님 영전에 바치며

그분의 말씀이 제 시를 통해 전해져

누군가의 지친 마음에 작은 위로가 되길 소망한다

2026년

전시우

차 례

제3부 돌무덤

제1부

진달래꽃

군인의 눈물

대통령이 비상계엄을 선포했다

특전사와 수방사 특수임무 부대원
헬기와 장갑차에 몸을 싣고 국회로 향했다

국회의사당 출입 인원을 통제하는 와중
시민들과 국회 직원의 파도에 떠밀리다
비상계엄 해제 의결로 발걸음을 돌렸다

임무 수행 관련 국회 질의
평소 존경하던 상관의 답변을 보며
우리는 할 말을 잃었다

언제나 당당했던 모습은
어디로 사라졌는가

번데기처럼 쪼그라든 얼굴
책임을 전가하며 눈물을 흘린다

봄

2025년 3월 22일 토요일 인사동 거리
전우 모임의 웃음꽃 아래
우연히 마주한 대통령 탄핵 찬반의 소용돌이

같은 하늘 아래 같은 땅에서
서로 다른 색의 꽃들이 피어 있다

손에는 깃발, 입에는 욕설
고막 찢는 확성기 포를 퍼부으며
서로의 밥그릇을 위해 격렬히 맞선다

같은 나라 다른 꿈
노인과 젊은이, 아저씨와 아줌마…

잘 익은 수박을 반으로 갈라놓고
"한쪽은 푸르다 한쪽은 붉다" 주장하는 것이다
봄은 어떤 색인가

대청봉

단풍잎이 춤추는 늦가을

초등학교 3학년 외아들에게

특별한 추억을 선물하려 설악산에 올랐다

지팡이에 몸을 기댄 노파

낡은 사진을 품고 대청봉 표지석에 서 있다

백발 흩날리는 노파

금방이라도 쓰러질 듯 눈물 고인 얼굴

오늘이 마지막 산행일 것 같은데

누가 사진 한 장 찍어달라 부탁한다

구름처럼 모인 등산객들 순간 침묵한다

풀 죽어 내려오려는 할머니를 향해

카메라 셔터를 눌렀다

사진을 뽑아 강릉 사는 할머니께 보내자

감사의 손 편지가 날아왔다

외아들이 설악산에서 하늘로 떠난 후

27년째 아들 생일날 대청봉에 올랐다고 한다

인식표

육군 소위로 임관하던 날
내 목에 걸린 작은 타원형 은빛 조각

KA
83-01234
ㅈ ㅓ ㄴ ㅅ ㅏ ㅇ ㅁ ㅜ
B

군번과 이름, 혈액형이 새겨진 그는
내 인생의 새로운 문을 여는 열쇠였다

30여 년간 내 심장과 함께 뛰며
늘 나와 생사고락을 함께한 영혼의 동반자

내가 걸어온 모든 순간을 담은 작은 우주
내 몸의 일부 같아서 뗄 수 없는 존재였다

마지막 군복을 벗던 날
나는 그에게 거수경례를 올리고 가보처럼

내 방의 책꽂이 한 칸에 고이 모셔두었다

내가 풀 죽어 고개를 숙일 때마다
그는 다시 일어설 수 있는 불씨가 되어준다

전 소령

대통령과 악수하는 꿈을 꾼 날

핸드폰이 울린다 낯선 번호다

스팸인가 망설이다 꿈의 예감을 믿고 전화를 받았다

"5군지사 계운과에 근무하던 이 상병입니다"

그 목소리는 잊힌 노래처럼

내 기억의 샘을 자극했다

전 소령님을 보고 싶었다고

일곱 번의 좌절 끝에 사법고시에 합격했다며

전 소령님을 찾아 밥 한 끼 꼭 대접하고 싶었다고

고성

민간인 그림자도 보이지 않는
죽변산 으슥한 산기슭 외딴 교회
새, 바람 소리 속에서 기도한다
병사들과 함께 먹고, 걷는 대대장
깊은 밤 휴일에도 초소를 찾아
우리를 위로하는 대대장
간부보다 먼저 병을 챙기는 대대장
전역하는 날 대대장에게
백일기도 하며 쓴 편지를 건네며
"힘들 때 이 편지를 열어보세요"
세월이 흘러 연락이 끊긴 대대장
30년 만에 전화가 왔다
"갑상선암 회복 중입니다"라고 하자
눈물 흘리며 말하는 대대장
"이제 강 병장을 위해 백일기도 할게"

24인용 군용 텐트

한여름 밤 24인용 군용 텐트
그 안은 전쟁터

모기는 어둠 속의 게릴라
우리는 포로 같다

그들은 우리의 피를 탐하며
밤새 공격을 멈추지 않는다

모기약은 짧은 휴전
다시 시작되는 전투
그들을 막기란 속수무책이다

밤이 깊어질수록
전투는 더더욱 치열해져
몸은 화살 맞은 듯 붉게 물든다

백색 왜성

— 대령에게 경례하는 장군

한길만 걷다 별이 되지 못한

말똥별 셋에 경례하는

해바라기 별 하나가 있다

그 별은 오직 하늘만 보고 자라

말똥별 셋의 경례를 못 본 척했다

서로 군문을 나서자

후배들은 해바라기 별은 본체만체

말똥별 셋에만 경례한다

한때는 말똥별 셋의 부하로

"아래를 보며 한길만 걸으라"

배웠던 해바라기 별

그 별은 이제야 고개 숙이며

말똥별 셋에 경례한다

늙은 군인의 노래

— 주임원사

바다처럼 넓은 품으로

갓 입대한 소위에게도 각듯이 경례하는 당신

병, 부사관, 장교 사이

건널 수 없는 강에 무지개가 되어 주던 당신

부대의 역사와 전통을 USB처럼 담고

막 전입 온 최고 지휘관부터 이등병까지

하나하나 전해주던 당신

어느덧 35년의 세월

머리는 성성, 얼굴은 쭈글쭈글

손은 거칠거칠, 몸은 반쪽이지만

눈빛만은 북극성처럼 빛나는 당신

오늘, 마침내 제대의 날

부대원 모두가 감사의 거수경례를 올립니다

보슬비는 부대원들 마음을 적시고

그리움의 눈물은 장병들 눈에 이슬이 되고
새들도 울먹이며 위병소까지 호위합니다

진달래꽃

나보다 한 살 위인 큰 이모 딸 정란이 언니와
나란히 손잡고 인제 방동초등학교에 입학했다

한 달 후, 집에 놀러 오고 싶다며 내 손을 잡았다
오솔길에서 진달래꽃도 따서 먹고 머리에 꽂았다

집으로 가는 지름길인 외나무다리를 건너던 중
언니가 어지럽다며 “물 한 모금 마시고 가자” 한다

물을 먹고 다시 언니가 앞장서고 나는 뒤에서 손을
꼭 잡고 건너는데 해빙으로 불어난 물이 찰랑인다

순간 언니가 휘청하더니 물속으로 쓰러졌다
나는 놀라 언니 손을 잡고 당기다가 함께 빠졌다

언니는 나를 물 위로 밀어 올리려 애썼지만
머리에 꽂았던 진달래꽃만 “사라졌다~ 나타났다”

나는 빨간 책가방만 “보였다~ 안 보였다”

"살려주세요, 살려주세요."

다행히 다리 뒤에 있는 공병부대 군인들의 도움으로
나는 살아났지만 언니는 끝내 하늘나라로 떠났다

마을 사람들이 다리 뒤편 동산에 곱게 묻어준 언니
이듬해 봄부터 그곳은 온통 진달래꽃으로 뒤덮였다

중국의 사형수

교도소의 무거운 철문이 열리자
노모와 어린 딸이 조심스레 들어선다

복도 끝, 면회실 문이 열리고
아버지는 팔이 뒤로 수갑에 묶인 채
두 눈엔 두려움과 슬픔이 가득 차 있다

그는 눈물을 흘리며
네 살배기 딸의 얼굴에 이마를 비비고
입술에 연신 뽀뽀를 남긴다

"딸아! 미안하다, 미안하다
 할머니 말씀 잘 듣고 예쁘게 자라거라"

딸은 작은 손으로 아버지 뺨을 어루만지며
이슬 같은 눈망울로
"아빠, 왜 그래? 빨리 집에 가자!"

면회 시간이 끝난다

아버지는 마지막으로 노모에게 부탁한다
"어머니! 딸아이를 먼저 데리고 나가주세요."

소한테 받힌 아이

영희와 마당에서 숨바꼭질하는데
옆집 영희 아버지가
소한테 풀 좀 뜯기고 오라 한다

우린 냇가에서 소한테 풀을 뜯기던 중
소가 갑자기 옆 밭으로 뛰어들어
옥수수를 뜯어 먹기 시작한다 큰일 났다

영희가 소의 고삐를 당기며 "안돼!"
소는 뿔을 세우고 영희를 사정없이 쳤다
그 순간, 영희는 하늘로 솟구쳐 올랐다

초등학교 5학년 어린이날
소뿔에 받혀 죽은 영희
나는 그 자리에 얼어붙어 눈물만 흘렸다

강릉

군 복학한 형이 소개해 준 여동생,
한 살 연상의 한전 다니는 직장인
눈빛은 백두산 천지처럼 깊고 푸르다
부모님께 내복도 보내고
ROTC 군사 훈련 땐 한 달간 매일
편지를 주고받으며 잉꼬 커플로 선정
그녀와의 시간은 달콤한 꿈같았다
강릉 단오제에서 우연히 본 궁합은
밤바다의 성난 파도처럼 날 흔들었다
"상충살로 상처할 운"이라 한다
어머니 말씀은 칼날 같았다
"궁합이 안 맞는 여자는 안 된다"
입대를 핑계로 사랑을 버렸다

들꽃

— 김영산 시인에게

아무도 눈길 주지 않던

흙 한 줌 없던 메마른 돌 틈에서

나는 이름 없는 들꽃으로 피어났죠

어둠 속에 묻힌 그림자처럼

누구도 나를 부르지 않았죠

그러던 어느 날

장미 같은 그대가 향기 풍기며 다가와

햇살처럼 나를 감싸 주었죠

"넌, 멋진 시인될 거야"

첫눈에 내게 이름을 불러 주었죠

그 한마디에 깊이 잠든 나의 꿈이

기지개 켜며 벅찬 숨을 토해냈죠

이제 나도 이름 없는 들꽃에게

한 줄기 빛이 될 수 있었죠

강릉에서 온 편지

아이고, 보내주신 대청봉 정상의 사진 잘 받았네유

오늘이 마지막 대청봉 산행 같아서

사진 한 장 찍어달라고 부탁했는디

다덜 암 말이 없어서 그냥 내려올라 혔드만

첨 본 분이 내 사진을 찍어서 보내줬네유

젊은 내외분 참말로 고맙습니더

힘든 대청봉 정상을 또 오를 수 있을랑가 모르겠네유

인자 나이가 들어서 무릎이 영 시원찮아서유

젊은 내외분이 사진을 안 찍어주셨으면

대청봉 정상에서 찍은 내 모습은 영영 못 봤을 거인디…

젊은 내외분 덕분에 영원히 기념헐 만한

내 모습을 남길 수 있게 되었구먼유

하늘나라에 있는 내 아들내미도 참 좋아할 거구먼유

참말로 고맙습니더

진작에 답장을 드렸어야 혔는디

김장철이고 연말이라 이리저리 많이 바빴어유

두 분 건강허시고 집안에 항시 행복이 깃들기를

부처님께 기도드리며, 이만 두서없이 글을 마칠게유

1999년 12월 22일 강릉에서 정일주 드림

제2부

군인의 눈물

교보재

혼탁한 소문이 파도처럼 몰려올 때
마음속에 있는 군화를 꺼내 신는다
신기전에 눈을 감고 심호흡을 하면
경고의 메아리가 귓가에 울려 퍼진다
군화는 완전군장의 필수품인데
실과 바늘처럼 뗄 수 없는 존재인데
우리 내무반 동기들은 군화를 빼고
행군하다 발각되어 경고받았다
동기 8명은 입영 훈련 기간 내내
"교보재"로 전락했다
군화는 임관 후
내 군 생활의 반면교사가 되었다

주민등록초본

— 군인의 이사

A4 용지 석 장에 가득 찬 항로들
주민센터 여직원이 고개를 좌우로 흔들며 "와~"한다

20대, 부평에서 첫 닻을 올리고 네 번의 파도를 넘고
30대, 인천 진해 조치원 대구 간성을 거쳐 열 번의 항로
40대, 속초 서울 광명 이천 계룡대를 지나 열두 번의 궤적
50대, 남양주 양주 의정부를 지나며 일곱 번의 발자국
은퇴, 용인 송도를 잇는 세 번의 여정

나는 마치 바람에 실려 떠다니는 구름처럼 떠돌아다녔다

아내는 혼자 짐을 싸며 눈물의 파도를 헤치는 고독한 항
해자
장롱을 들다 허리가 삐끗해 병원의 섬으로 실려 가고

외아들은 초·중학교 각 3번의 전학을 겪으며 외로운 쪽
배 신세
고1 때 서울에서 용남고로 옮기자 석 달을 훌쩍이며 떠돌았다

육대 유치원

한여름 진해의 뜨거운 태양 아래
나는 빵떡모자를 쓰고 땀을 흘린다
유치원 친구들은 나를 가리키며
"쟤는 왜 털모자를 썼을까?"
아빠는 육군대학과 집만 오가며
밤낮없이 전술 교범과 씨름하고
엄마는 주부대학과 테니스에 취해
매일 웃음꽃을 피운다
나는 그 사이에서 잃어버린 존재
홀로 버려진 강아지처럼 떠돈다
일주일 전, 인천 공수부대에서는
아빠랑 신나게 공놀이하고
친구들과 물놀이하며 즐거웠는데
이제는 인천으로 돌아갈 수도 없고,
내 앞머리를 사정없이 잘라버렸다

군인 가족

어둠이 내린 태백산
특전대원들은 독거미처럼
은밀히 적 기지를 향해 잠입한다

폭발음은 천지를 가르고
급히 퇴각하다 적 매복에 걸린다

불지옥 같은 전술훈련 평가 후
일 주간 천 리 길을 걸어 집에 오니

손톱은 까마귀 발톱, 눈은 토끼 눈
수염은 원시림, 그을린 얼굴은
화염 속에서 탈출한 듯하다

네 살 아이 눈에 비친
낯선 사내의 거친 입맞춤,
외아들은 겁에 질려 울고
아내는 아이를 부둥켜안고 흐느낀다

달팽이

입대하자 나는 갑자기 지옥에 떨어졌다

선임은 내 귀에 대고
달팽이, 달팽이 소리쳤다

나는 풀잎도 제대로 기어오르지 못하는
느려터진 지평선에 대해서
말하기 싫었다
나는 그 지평선에 걸려 자꾸 넘어졌다

아무리 걸어도 지평선은 끝이 보이지 않고
따가운 햇빛만 강하게 나를 찌른다

더듬이가 떨어지고
석회질의 얇은 껍데기가
부서진 나는
어떻게든 선임이 만들어 낸
지평선들을 넘어야만 했다

넓은 연병장이 빠져나간 가슴에

눈물로 닦은 어머니를

걸어 둔다

철원의 여름

"맴 맴 맴~ 맴 맴 맴"
고막을 찢을 듯한 매미의 절규가
작열하는 철원의 여름을 가른다

성충이 되어 사랑을 찾아 헤매는 너
북녘을 향해 애처롭게 울부짖는 너
아직도 간택되지 못한 너

GOP 철책선에서 경계 근무 중인 나
애인의 결별 통보에 가슴 찢어지는 나
골프 선수의 영광은 신기루, 이제는 졸병인 나

매미야 너의 여름은 나의 여름과 닮았구나
너의 절규 속에서 나의 아픔도 녹아내려
서로의 여름이 되어 다시 피어나자 매미야

백마산 살모사

먼지 쌓인 백마고지 기념관에 살모사 한 마리가 들어 왔
다 대위 부부와 아장아장 걷는 아이의 발걸음 소리만 고요
한 공간에 울려 퍼진다 살모사는 마치 전몰 용사의 영혼처
럼 대위 가족을 뒤따른다 말을 걸어도 부부는 알아차리지
못하고 전쟁 비극에 잠겨 관람에 몰두하고 있다 갑작스러운
아이의 울음이 공간을 메우는 순간, 발치에 살모사가 있다
는 것을 알았다 기겁하며 발을 쾅쾅 구르자 살모사는 인사
하듯 머리를 숙이며 빠르게 문을 빠져나간다 따라 나온 가
족을 한번 쓱 돌아보더니 돌 틈 속으로 사라진다 그 자리에
백마고지 전몰 용사의 환영이 보인다

개미

한가위 달이 휘영청한 밤
긴 행렬의 개미 떼가
희망을 품고 북쪽으로 향합니다

철원 들녘을 지나 산길에 드니
단풍 든 나무들이 손뼉을 치며
북으로 가는 개미 떼를 응원합니다

산새가 부르는 "우리의 소원은 통일"
노래는 북쪽 하늘로 퍼져 나가고
새들이 개미 떼 행렬을 호위합니다

마침내 휴전선에 다다른 개미 떼가
철책에 가로막혀 눈물을 삼키며
무거운 발길을 남쪽으로 돌립니다

백두산 정상까지 자유롭게 오가는
하나 되는 그날을 그리며
개미 떼가 터벅터벅 내려옵니다

군화

눈을 뜬 순간
내 군화는 동태처럼 변했네

별조차 떨며 SOS 보내던
소복 입은 영하 25도 태백산의 검은 밤

특전 부사관들은 알고 있었네
군화는 침낭 속에 품고
꿈꾸어야 한다는 혹한의 비밀을

나는 몰랐네 햇병아리 초임 중대장
눈 떠보니 내 군화만 얼어 신을 수 없었네

불을 피워 군화를 녹이다
끈은 타고 뒤축은 문드러졌네

천리행군 중 뒷굽이 떨어져 나가자
나는 쩔뚝이며
속으로 울며 걷고 또 울면서 걸었네

간성

초등학교 4학년 초,
군인 아버지를 따라 간성으로 이사를 왔다

잘하는 운동이 뭐냐고 물어 "달리기"라고 하자
"우리를 이기면 정식 친구로 받아줄게"

나는 전력 질주했지만 시골 친구는 화살 같았다
'대구에서는 쌕쌕이라 불렀는데…'

다시 도전했으나 그 친구에게 또 무너졌다
하지만 그 친구의 포옹으로 우린 친구가 되었다

그때부터 나는 무조건 달리고 또 달렸다
숨이 턱에 닿도록, 다리가 후들거릴 때까지

내가 달리니 길도 함께 달리고
모래도 내 발자국을 따라 춤추고
풀잎도 나와 함께 숨을 쉬며 노래한다

가을 운동회,

심장은 북처럼 울렸다

나는 바람이 되어 그 친구를 넘어섰다

돼지고깃국

물 당번 끝내고 다섯 달째 식기 당번을 하는데
왕고참 김 병장이 내게 식기 조장을 명한다

식기 당번 통제, 소대의 기강을 바로잡는 자리다
후임병들이 모두 부러운 눈빛으로 나를 바라본다

철원의 눈 덮인 안암산 일대
전술 훈련 중 저녁 메뉴로 돼지 고깃국이 나왔다

자정 넘어 부대로 돌아와
수세미를 빨랫비누에 문질러 식판을 닦는데
기름은 지워지지 않고 손끝의 감각만 지워진다

아침이 밝아 식기를 나누어주는 순간
김 병장이 "식판에 기름때가 그대로잖아!"
내 배를 쿡 찌르며 다시 닦으라 명한다

여우

온통 하얀 눈으로 뒤덮인 태기산
여우 한 마리가 홀연히 나타났다
그 울부짖는 소리는 멜로디가 되어 울려 퍼진다

여우가 온다
여우가 마을로 은밀히 다가온다

굶주린 여우가 눈밭을 가르며 내려와
닭장을 살피다 번개처럼 닭을 낚아채 사라진다

거친 파도가 된 마을 형님들이 덫을 놓았다
어느 날 새벽, 덫에 걸린 여우
그 울부짖는 절규가 온 마을의 고요를 찢는다

형님들은 그 울음을 고깃국으로 삼고
부드러운 털은 목도리로 만들어 시장에 걸었다

도봉산 부대

구름에 걸린 푸른 도봉산 자락에 발을 디디던 날
목사가 꿈이라던 믿음직한 인사 장교가
"사진첩을 주시면 추억의 사진을 계속 담겠다" 한다

6개월 후 RCT 평가 첫날, 사이렌이 울리자
얼떨결에 사진첩은 파기 물자로 분류되었다

불길이 훨훨 치솟자 파기조에 의해
영문도 모른 채 사진첩은 불길 속에 던져졌다

불꽃이 삼킨 나, 가족, 전우 얼굴들
군 생활의 모든 순간이 담긴 사진들은
도봉산의 구름처럼 순식간에 사라졌다

기억하는 이, 세상에 남아 있을 때까지
그때까지는 죽은 것이 아니다*

비록 사진첩은 한 줌의 재가 되었지만
내가 기억하는 한, 결코 죽은 것이 아니다

* 정한용의 「후일담」에서 인용.

열쇠

햇살이 사무실에 쏟아지는 오후, 전화벨이 울렸다
"여보, 차 키가 없어 아무리 찾아도 보이지 않아."

순간, 포천과 용인 104km의 거리 속 정적
열쇠는 내 차 조수석 아래에서 묵언 중이었다

훈련 평가의 숨 가쁜 나날 속에서
그녀는 홀로 사흘 밤낮을 애태움으로 채웠겠지

산길에서 접질린 발목으로 온 집을 더듬었겠지
한 걸음 한 걸음 그녀의 아픔이
무심함이란 가시가 되어 내 심장을 찌른다

RCT 평가 보고서를 넘기자마자
나는 집을 향해 액셀 대신 죄책감을 밟았다

집 문을 열고 열쇠를 쥐여주며 나는 속삭였다
"이 열쇠는 우리가 멀리 떨어져 있어도
서로를 찾아내는 사랑의 증표예요."

태안 앞바다

캄캄칠야 적 기지 타격 훈련 후 복귀하다
보트 손잡이를 놓쳐 태안 앞바다에 빠졌다
급히 자고 있던 구명대를 깨우자 눈을 뜬다

군화와 탄띠를 벗어 던지고
구명대에 의지해 거친 파도 속을 떠돈다

차디찬 바닷물을 삼키고 토해내며
살아남기 위해 몸부림치지만
몸은 굳어가고 의식은 점점 흐려진다

그때 산달 아내의 미소가 스친다

꼭 필요한 순간
구명은 바로 이루어지지 않았다

10년 후

생일날 받은 10년이 지난 신발

군 관사 네 번 이사할 때까지

고이 모셔두던 테니스화

동기들과 운동하던 날

처음 신었다

멋있다는 칭찬에 우쭐했는데

시합 중 넘어졌다

삭아버린 신발이 나를 삼켰다

영정 사진

— 고故 지태환 선배께

정 많던 군 선배의 부음에
내 심장이 미어졌다

두 공주에게 위암을 숨긴 채
하루 전까지 일하다
60에 눈 감은 선배

영정 사진이 깨진 거울처럼
흉측하게 나왔다고
사람들이 수군거린다

홀연, 선배 영혼이 속삭인다
"빛나는 순간만 기억해요"

조문객들은
빛나는 영정사진을
준비하겠다며 떠난다

도화선

어둠이 내려앉은 가로등 불빛 아래
같은 마을 고등학교 2학년 친구와
어깨를 나란히 하고 집으로 걸어간다

짝사랑하는 여자 친구가 웃으며
"넌, 통솔력이 있어 군인 하면 잘할 거야"
그 말은 꿈의 도화선이 되었지

라이벌 남자 친구가 비웃으며
"넌, 키가 작아 군인은 어려울 거야"
그 말은 비수가 되어, 오기가 타올랐지

30년 세월이 흘러 군복 벗는 날
두 친구의 목소리가 귓전에 맴돈다

군 아파트

한파 경보 속 군 아파트도 얼어붙은 밤
'펑'하는 소리와 함께 모든 불이 사라졌다

백일 된 아이 자지러지는 소리가 방 안을 채우는 밤
겹이불과 홑이불로 감싸안으며 온기를 전한다

솜이불이 그리운 밤
눈송이도 살려달라 창문을 긁어대고
우린 딸기코가 되어 바다 위 부표처럼 떨고 있다

불은 꺼졌지만 아이는 깨어 있는 밤
아들 울음소리가 벽을 타고 아파트에 메아리친다

질식할까 아기를 꼭 껴안을 수도 없는 밤
남편은 태기산에서 혹한의 밤을 지새우고 있다

바람 소리가 남편의 군화 발걸음처럼 들리는 밤
아들 덕재의 울음소리는 잦아들고
둘의 숨결이 하나가 되어 혹한을 녹여내고 있다

제3부

돌무덤

소년공

어린 시절부터 책보단 기계가 좋았던 형님
고교 진학 대신 주물 공장에 몸을 던졌다
하지만 영어 설명서에 발목이 잡혔다
금속 가공 공장에서도 마찬가지였다
형님은 아들 같은 막냇동생인 나에게
영어책을 건네며 독하게 공부시켰다
"이건 네가 넘어야 할 산이야."
칠순이 지난 형님은
여전히 학교 가는 꿈을 꾼다고 한다
소년은 영어책을 들고 땀을 뻘뻘 흘리며
책을 떠듬떠듬 읽고 있다
선생님은 소년에게 다가가 말한다
"괜찮아, 천천히 읽어도 돼."

어머니와 상추

어린 시절
비 오는 봄날이면
어머니와 텃밭에 상추를 심었다

텃밭은 금세 푸른 바다로 변해
상추가 파도처럼 넘실거렸다

비빔밥에 넣어 먹고
쌈 싸 먹고, 전 부쳐 먹고
먹고 먹어도 질리지 않는 맛이었다

늘 싱싱한 상추를 보면
어머니의 향기가 나고
어머니의 목소리가 귓가에 맴돈다

돌무덤

어린 시절 강원도 둔내의 비탈진 밭고랑
아버지는 소와 한 몸 되어 춤추듯 밭을 갈고
나는 돌을 주워 군데군데 쌓아 올린다

멀리서 어머니는 새참을 이고 오신다
바구니엔 막걸리 한 병과 개떡이 담겨 있다

아버지는 거친 손으로 땀을 닦으며 막걸리 드시고
나는 개떡을 입에 물고 연신 냠냠 쩝쩝

노을이 지면 아버지는 소꼴을 지고
나는 고삐를 잡고 아버지처럼 "이랴~" 외치면
소는 느린 걸음으로 집으로 안내한다

어느새 아버지의 나이를 넘어선 나
가끔 고향 집 밭에 서서 무너진 돌무더기를 본다

그 사이로 젊은 부모님이
막걸리를 기울이며 웃는 모습이 아른거린다
눈시울 붉히며 나는 돌 하나를 주워 다시 올린다

고향 집

할머니가 돌아오지 않는다
쥐들은 즐거웠다

먹다 남겨둔 밥, 옥수수, 쥐포와
누룽지까지 전부 갉아먹었다

그런데도 할머니는 돌아오지 않는다
먹을 게 없었다

굶기 시작한 쥐들이 하나둘 떠나갔다
집안 터줏대감 구렁이도 떠나고
족제비도 오지 않았다

나중에는 그러다가 강원도
시골집에는 적막만이 살게 되었다

한 사람

이삿짐을 싸다 발견한 사진 한 장
낡은 액자 속 낯선 미소가
백발로 변한 나를 빤히 쳐다본다

둔내 조항리 고향집 앞마당
까까머리 코흘리개 시절의 나

손에는 눈깔사탕을 쥐고
카메라를 향해 활짝 웃고 있다

그 웃음은 시간의 강을 건너온 듯
지금의 나에게 달빛처럼 속삭인다

"너는 여전히 행복하니?"

나는 눈을 감고 잠시 생각에 잠긴다
대답 대신, 낡은 액자를 꼭 끌어안았다

수목장

새로 태어난 당신을 만나는 곳
사그라드는 당신을 바라보는 두 시간

얼마나 뜨거웠으면 불꽃이 되었을까
얼마나 애간장 녹였으면 재가 되었을까
이젠 몸을 바꿔 내 앞에 있다

그렇게 푸르렀던 당신이었는데
너무나 갑자기 떨어진 당신

언제나 당신을 그리며 눈물 흘리다
솔향기 뿜는 당신에게 당도했을 때,
날 처음 만날 때처럼 마중 나와 있었다

5월만 되면 난
황홀한 그늘 아래에 든다

고양이와 아이

한적한 용인의 친구 집 뒷동산
마을의 수호신 같은 노송 아래
세 마리 고양이가 구슬피 울고 있다

친구에게 그 연유를 묻자 조심스레 입을 연다
"그곳은 코로나로 세상을 떠난
아이의 영혼이 깃든 곳이란다."

그 아이는 동물을 사랑해
들고양이들을 가족처럼 돌보며
늘 먹이를 주고 쓰다듬었다

마을 사람들은 그 아이의
따뜻한 마음을 기려
양지바른 노송 아래 유골을 뿌렸다고 한다

고양이들은 그곳에 모여 노송에 몸을 비비며
아이가 자신들을 돌봐주었듯이 꼬리를 감아 돌며
이제는 그의 영혼을 위로하는 것 같다고 한다

목욕탕

꼭꼭 숨어라 머리카락 보일라

아이가 아닌 사람이 숨바꼭질하면
꼭 숨는 사람이 죄를 짓거나
께름칙한 일을 벌인 상태다

나도 16살 때 그랬다
가출해서 목욕탕으로 숨은 적이 있다

나를 찾으러 온 선생님은
처음으로 나를 지지해 준 삶의 멘토였는데

나는 숨었고
마음에 빈자리는 점점 커져갔다

고해하려고 탕을 서성대도
이제 선생님은 보이지 않는다

전언

아버지의 뇌종양이
밤하늘 어둠처럼 깊어지고 있다

의사는 절망을 말할 수 없어
수술이 잘 되었다고 했다

들은 말을 누구에게 전해야 하나
꽃나무 밑을 지나는 바람에 말하면
꽃은 금방 시들겠지

하늘 위로 쏘아 올리면
흰 구름은 먹구름으로 변하겠지

아버지 안에는 가족뿐이었는데
내 말은 길을 잃어버렸다

납빛 말들로 가득 찬 입
무엇을 말하든 나는 죄인이다

어머니와 외동딸

어머니가 들어간 요양원
바닥은 그녀의 분노의 손에 울고
벽은 그녀의 절망의 이마에 멍든다

병원을 가야 치매 약도 탈 수 있는데,
딸이 어머니를 설득해 보라고 해서 가는 길

어머니는 외동딸을 보자마자 울음을 터뜨리며
"여기 사람에게 속으면 안 된다"라며 외친다

어머니를 달래보지만 병원은 여전히 먼 나라
입원한 사위 사진을 꺼내 보이며
"죄송해요, 어머니까지 돌보기엔…"

그 순간, 어머니의 눈빛이 흔들린다
"사위 아픈데 못 가 미안하다"라며 웅한다

요양사의 눈빛,
사막에 핀 꽃을 발견한 듯
놀라움을 감추지 못한다

휴지가 무섭다

세탁기 뚜껑을 열자 터져 나온 아내의 절규
하얀 눈송이들은 그 비명을 비웃듯
옷 위에 눈부시게 내려앉아 환하게 웃고만 있다

바지와 상의, 수건과 양말 사이에
끈적한 껌처럼 달라붙어 놓아주지 않는다

모든 빨래는 엉망진창이 되었다
나는 뒤늦게 바지에 넣어둔 휴지를 떠올렸다

손으로 털고 헹구고 다시 털고 헹구어도
그 하얀 흔적은 마치 낙인처럼 옷에 남아 있다

손으로 하나하나 떼어내려 해도
끝없이 이어지는 휴지 조각들에 지쳐간다

거실 바닥도 청소기로 돌리고 또 돌려도
하얀 조각은 숨바꼭질하며 끝없이 튀어나온다

제천 스포츠센터

작은 불씨 하나가 건물을 집어삼키자
사람들의 비명이 가슴을 찢는다

29명이 죽고 36명이 부상당하고
모두 발만 동동 구르며 망연자실한다

단, 한 번만이라도
내가 위급한 상황 속에서
"어떻게 대처할까?" 고민해 보았다면

단, 한 번만이라도
내가 위험한 상황 속에서
"어떻게 행동할까?" 생각해 보았다면

늘 따스하게 맞아주던 친구 어머니는
제천 스포츠센터 참사 속
우리 곁에 그대로 계셨을지 모르는데

야반도주

용인 스파에서 자주 만나던 세 여인
서로의 등을 밀어주며 얽힌 물방울처럼 뭉쳐
일본 · 괌 여행까지 함께 다녀온 절친이 되었다

60대 초반의 큰 언니, 아내 혜옥은
"3월 말 송도로 떠난다"라는 말을 각인시킨다

이사 이틀 전, 가족 모임이라는 핑계로
마지막 인사를 건넬 때 목이 메어 흐릿해진다

두 살 아래 '원이'와 또 두 살 아래 '제시'에게
"잘 가, 잘 가라고, 잘 가야 돼" 손을 흔드는 혜옥

그 말이 마지막 인사가 될 줄은 꿈에도 모른 채
두 동생은 "언니, 잘 갔다 와야 돼" 손을 흔든다

이사 소식을 알리면 서운해할까 봐
2월 말, 몰래 이사 후 문자로 전한 혜옥의 소식
두 동생은 짙은 안개에 가려진 듯 침묵에 잠긴다

야반도주하듯 떠난 언니를 향한 원망과 그리움이

두 동생의 울음소리에 섞여 텅 빈 공간을 채운다

이렇게 돌아가셨다

4살 때 땡볕에서 밭매다 할머니 돌아가셨다

15살 때 뚱뚱했던 증조할머니 돌아가셨다

26살 때 독주 마시다 할아버지 돌아가셨다

38살 때 집에서 넘어져 외할머니 돌아가셨다

49살 때 간경화로 쓰러져 아버지 돌아가셨다

57살 때 폐렴 합병증으로 어머니 돌아가셨다

63살 때 전립선암으로 작은 매제도 돌아가셨다

이렇게 모두 돌아가셨다

제4부

대청도

대청도

북녘을 응시하는 대청도 서풍받이 언덕
"해병 할머니 여기 잠들다" 비석이 등대처럼 서 있다
해병대의 붉은 혼이 깃들어 있는 이곳
군에서 퇴역한 내 심장은 북소리 되어 울린다

재봉틀을 마련해 무료 군복 수선과 새 옷 선물
침술과 부항 치료를 배워 장병들 아픔을 어루만지고
장병 편지 발송과 고단한 행군길에 물까지 챙겨주며
그녀는 해병대 장병들의 어머니로 한평생을 사셨네

2012년 87세로 눈을 감으신 할머니
그녀가 바라던 "우리의 소원은 통일" 노래를 부르며
장병들은 상여를 메고 마지막 길을 배웅했네

진짜 낙타는 없었다

모래알들이 쌓이고 쌓여 산과 골짜기를 이룬 곳

한국의 사하라라 불리는 대청도 모래사막

낙타가 산다는 소문에 먼 길을 떠났다

그곳에 닿자마자 설렘이 발을 재촉해

미끄러지듯 마음이 먼저 내달린다

저 멀리 펼쳐진 낙타의 실루엣

벅찬 감격에 숨조차 멎는다

한 걸음 또 한 걸음 다가서니

낙타는 고요했다 숨조차 쉬지 않았다

내가 찾던 진짜 낙타는 없었다

모형 낙타 등에 앉아 살며시 눈 감으니

바람이 속삭인다

네 안에 낙타가 있다

군 선배

군 선배가 전역하며
남자는 비자금 5장은 있어야
사람 구실을 할 수 있다 했다

그 말만 철석같이 믿고
5년간의 피땀으로 빚어낸 비자금,
아직도 2장이 모자란다

동문회에서 만난 제2 금융권 후배,
3배 수익 미끼로 적금 들라 유혹한다

부족한 2장을 채우기 위해
망설임 없이 3장을 몰빵했다

1년 후 날아온 파산 소식
내 비자금 80%가 연기처럼 사라졌다

후배는 승진해 다른 회사로 이직하고
"죄송하다"라는 차가운 메아리만 친다

아내 생일도 외면한 채 모은 비자금

남은 건 빈 통장과 아내의 차가운 눈빛뿐

립스틱

아들이 소개팅 가는 날
옷깃을 여미다 서둘러 나선다

엘리베이터 문이 열리자 급히 나서던 아들
그 순간, 아래층의 또래 여자가
엘리베이터 안으로 재빨리 들어선다

두 별의 찰나의 스침
"죄송합니다" 한마디만 남기고 사라졌다

카페에서 기다리던 소개팅녀는
아들을 꿰뚫듯 바라보더니 휙 나가 버린다

힘없이 돌아온 아들의 와이셔츠엔
뜻밖의 낯선 립스틱 자국이 번져 있다

며칠 뒤, 엘리베이터에서 다시 스친 두 사람
아들의 실연담에 그녀가 커피를 산다

그렇게 아래층의 그녀는

우리 집 며느리가 되었다

간

난, 한 잔의 술이 입술에 닿으면
평소 숨겨두었던 감정들이 해일처럼 밀려와
내 마음이 일렁인다

나에게 술 한 잔은 누구 앞에서도
풍선 부풀 듯 간이 부풀어 오른다

하지만 그녀 앞에선
말문이 막히고 몸이 빙하처럼 굳어버린다

그녀의 눈빛이 내게 닿으면
감전된 듯 고개가 숙여지고
저녁노을처럼 얼굴은 붉게 물든다

그녀 같은 달콤한 술 한 잔이면
내 마음속 비밀이 모두 녹아내리지만

하지만 그녀 앞에만 서면
바다 위에 떠 있는 작은 조각배처럼

간이 모래알만큼 작아진다

예술가의 집

송년 시 축제의 밤, 67세 여자가 사회를 보는데
80세 최고령 회원이 막 시 낭송을 마치고
숨을 고르더니 마이크를 떨며 그녀에게 말한다

"내 남은 날들을 당신과 함께하고 싶습니다"
한쪽 무릎을 꿇고 장미 한 송이를 그녀에게 건넨다

순간 예술가의 집 홀 안은 얼어붙었다
이어 환호와 우레 같은 박수가 터져 나왔다

노인의 진심 어린 고백은 아무 예고 없이 찾아온
한편의 명시처럼 회원들의 가슴을 울린다

그녀 남동생은 고개를 저으며
"경로 우대할 일이 따로 있지" 반대한다

그때 20대에 혼자가 되어 아이들을 키운
99세의 친정어머니는 미소를 지으며
30대에 혼자된 그녀에게 말한다

"사랑은 나이를 묻지 않는다

고생 끝에 핀 꽃이니 기꺼이 맞이하거라"

태리의 옹알이

입술 속에서 물결처럼 퍼지는 첫 울림
태리야! 무슨 말을 하고 싶니?
"아-바, 우-웅, 어~마"
그 소리에 우리 마음 녹아내리네

여섯 달 만에 세상을 향한 첫인사
아직은 해독할 수 없는 언어
말보다 먼저 핀 멜로디
그 외침은 단순한 소리가 아니네

바람도 잠시 멈춰
유리창 너머 네 속삭임 듣고
햇살도 창틈을 비집고 들와
빛으로 화답하며 미소 짓네

작은 입술에서 종알거리는 소리
언어가 되기 전 태리의 첫 노래는
순수한 진실의 목소리
우리를 하나로 잇는 사랑의 다리네

정비소

경적이 울리지 않아

정비소 문을 두드리니

사장님은 정비봉을 휘두르며 묻는다

모차르트 "빵"으로 해드릴까요

베토벤 "빠~방~"으로 해드릴까요

고민 끝에 가격을 묻자

모차르트는 이만 원

베토벤은 사만 원이란다

혹시

바흐 "방"으로 만 원에 안 될까요

사장님은 고개를 저으며

바흐는 흩어진 소리로 취급 안 한다면서

혼잣말로

모차르트의 경쾌함 베토벤의 깊이 중

베토벤이 가장 웅장하고 좋다 한다

벚꽃 편지

어느 날, 잠들어 있던 책장을 넘기자
책갈피에서 연분홍빛 벚꽃 한 송이가
조심스레 눈을 뜬다

그는 나에게 나지막이 속삭인다
"저에게도 봄이 올까요?"

나는 펜을 들어 그 꽃잎 옆에
향기로운 벚꽃을 그려주었다

그는 환하게 웃으며 "고마워요 아름다워요"
나에게 인사를 건네고 책 속으로 돌아간다

몇 해 뒤, 다시 펼친 책
나는 놀라움을 금치 못했다

그는 더 이상 혼자가 아니었다
봄이 스며든 듯 수많은 벚꽃이 피어
향기를 풍기며 군무로 나를 맞는다

나는 그 광경을 간직하고 싶어

급히 책을 조심스레 닫았다

쥐의 귀

쿨-쿨쿨 시부모님은 아랫목에서
깊은 잠에 빠져 주무신다

두 며느리 커피 한 모금에
조심스레 대화를 이어간다

"동서 내년 김장은 반만 하면 좋겠어요
손목이 시큰거려요"

"형님 맞아요 300 포기면 충분해요
허리가 끊어질 것 같았어요"

그때 시아버지의 잠꼬대 같은 한 마디
"올해처럼 해야 한다"

두 며느리 커피잔을 동시에 떨어뜨렸다
어디서부터 들었을까

쿨-쿨쿨 다시 꿈속 시아버지

무언가를 갉아먹듯 이를 갈며 주무신다

지금은 하늘나라에 계신 시아버지
그날의 써늘한 기척 미스터리로 남아 있다

군인 아내

이번 이사도 또 나 홀로다
아들은 기숙사에, 남편은 훈련 중이다

덕정 관사로 이사 후
TV 설치 기사의 능숙한 손길에
잠자던 화면이 깨어난다

커피를 건네자, 기사는 소파에 앉으며
"잘 나오죠?"
"네, 잘 나오네요. 감사합니다"

어색한 침묵 속, 기사는 내 쪽으로
천천히 바짝 다가앉는다

TV 기사의 눈빛이 이상하다
혼자 남겨진 나, 불안한 상상
등골이 서늘해지는 찰나

'딩동~딩동' 초인종이 울린다

아파트 관리실 아저씨다

취사병

사 남매는 어머니가 병원에 입원했을 때
침샘 자극하는 향기에 이끌려 부엌에 갔다
아버지는 고기를 도마에 올려놓고
마치 셰프처럼 현란하게 칼춤을 춘다
보글보글 찌개 끓는 매콤한 내음
지글지글 고기 볶는 고소한 내음
아버지의 손끝에서 탄생한
황홀한 부대찌개와 김치볶음밥
입안 가득 춤추는 맛의 비밀을 묻자
머뭇거리다 군 시절 취사병이었다고 한다
병원에서 돌아온 어머니에게
아버지의 밥이 더 맛있다고 하자
"앞으로 엄마는 밥 안 할 끼다
느그 아부지에게 해달라 캐라" 하신다

유성

한밤중 떨고 있는 촛불 아래

하나뿐인 아들의 무사함을 바라며

매일 두 손 모아 간절히 비는 어머니

어머니의 눈 속에는

밤하늘을 가르는 유성처럼

군복 입은 아들 모습이 스쳐 지나간다

명절에도 생일에도 아플 때도

마음대로 만날 수 없는 내 새끼

어머니의 눈에는 이슬비가 내리고

그저

외아들 편지와 사진을 쓰다듬으며

무사히 돌아올 날만 빌고 비는 어머니

어머니의 가슴속에는

그리움이 쌓이고 쌓여

시간이 흐를수록 애틋함만 깊어간다

계룡대

중령의 아들이 매일 밤 나를 훔친다
그의 손길에 깨어난 나는 자동차 키

고교 졸업을 앞두고 면허를 딴 그는
부모가 잠든 틈을 타
계룡대의 어둠을 가로지른다

계룡대의 밤거리는 그의 무대
카레이서가 되어 자유를 만끽한다

"조심해, 사고 나면 큰일이야"
내 경고는 늘 허공에 흩어진 메아리

1월의 눈송이가 춤추는 커브 길에서 굴러
나는 멀쩡, 아들은 병원행, 차는 폐차

나는 다시 중령 곁으로 돌아왔지만
가슴 한편에 후회가 밀려온다

'중령에게

아들이 매일 밤 운전한다는 걸 귀띔할걸'

하사

일 주간 전술 훈련 평가를 마친 용사들
마지막 100km 행군을 막 시작합니다

별빛만 비추는 끝없는 길
용사들의 군장은 바위처럼 어깨를 짓누르고
거친 숨소리와 군화 소리만이 밤을 가릅니다

휴식 후 총을 놓고 가다 다시 찾고
졸음에 휘청이던 구급차는 간신히 멈추고
뒤처지는 용사들이 늘어날 즈음

군인 가족들이 건네는 김밥, 부추전, 음료수에
비틀대던 용사들의 발걸음은 다시 춤을 춥니다

남편과 눈빛이 마주친 새댁 아내의
"파이팅" 박수에 하사는 신이 나고

흙먼지마저 군홧발 장단에 꽃을 피우고
길옆 갈대꽃도 손을 흔들며 격려하고

들꽃들도 저마다의 향기로 응원합니다

횡성 찰옥수수

한겨울에 결혼한 서울 아내
눈 덮인 산골 시댁에 인사드리러 갔다

시아버지는 처마 끝에 매달린
횡성 찰옥수수를 뻥튀기해 주려 하자

아내는 삶아 먹고 싶다고 해
찰옥수수를 가마솥에 쪄 주자
걸신들린 듯 먹어 치운다

처음 보는 며느리의 그런 모습에
시부모님은 눈이 휘둥그레진다

강원도 출신인 우리보다
옥수수를 더 좋아하는 서울 아내

다시 찬찬히 아내를 들여다보니
아내는 이빨, 마음까지도
온통 횡성 찰옥수수를 빼닮았다

무기 가족

우리 가족은 언제부터인가
항문에 비밀 병기를 부착한
"무기 가족"이 되었다

남편은 대포, 나는 소총,
아들은 독가스를 뿜어내며
함께 노래하며 웃는다

어느 날, 무기상에게
가족 무기를 팔겠다고 했더니
독가스만 취급한다고 해서
독가스 생산 작업에 들어갔다

아들 친구가 놀러 왔다
독가스를 마시고 쓰러져
119 구급대의 도움으로 깨어났다

우리 가족은 자신감을 갖고
무기상에게 무기를 팔게 되었다

희망은 때로 뮤지컬처럼

10시 정각 PC 화면 속 예매 창이 열리자
내 심장은 파도처럼 요동치고 손끝은 떨린다

버튼을 눌러도 "예매 중"이 빈자리를 감춘다
로그인 상태에서는 빈 좌석이 보이지 않는다
1층 2층 섬 같은 자리를 클릭해도 소용없다

유명 여성 뮤지컬 배우들의 공연을 상상하며
직감에 의존 이곳저곳 클릭하지만 결과는 허탕

로그아웃 후 다시 로그인 시 예매가 끝날 것 같다
어느새 20분이 흘렀고 마음은 점점 더 무거워진다

"결혼기념일 날 꼭 보자" 그 약속이 희미해진다
결국 탄식하며 로그아웃 버튼을 눌렀다

하지만 혹시나 하는 마음으로 다시 로그인한 순간
기적이 일어났다 600석 중 단 두 자리가 반짝인다

마음을 비운 순간 그 자리에 앉을 수 있었다

희망은 때로 뮤지컬처럼

포기한 뒤에야 비로소 모습을 드러낸다

광덕산

고속버스 안, 백발 기사님의 굽은 등

왜 이리도 익숙한가

룸미러 속 비치는 얼굴, 마음속에 파문이 일어난다

"박 상병! 날 알아볼 수 있겠어요?"

"아, 저를 동생처럼 감싸주던 전 병장님!"

강산이 네 번 변한 지금, 다시 잡은 손에서

봉인된 타임캡슐 열리듯 군 시절 추억이 피어난다

"광덕산 설원에서 얼어붙은 주먹밥 나눠 먹었죠?"

"전 병장님 이렇게 다시 만나다니, 감격스럽네요!"

"전한영 병장님은 어디로 가십니까?"

"자취하는 아들에게 햅쌀 전해주러 대구 가는 길입니다."

"박 상병님 언제 운전하셨나요?"

"군복 벗자마자 곧장 잡았습니다"

"난 고향 횡성 흙 속에 뿌리내렸어요."

고속버스는 군 시절을 태워 달리는 듯

그 시절의 기억이 파노라마처럼 눈앞에 펼쳐진다

내무검사

평온했던 집, 휴대폰 진동에 비상이 걸렸다
아들 내외가 갑자기 내일 들이닥친단다

아내는 앞치마를 두르고 칼춤을 추며
마트에서 사 온 재료들로
뚝딱뚝딱 반찬, 국, 갈비찜을 만들어낸다

나는 청소부로 변신해
걸레와 빗자루를 쥐고 방과 화장실 청소,
베란다 화초에 생기를 불어넣는다

새 이불과 베개로 아들 내외 잠자리 준비,
목욕재계하고 단정한 옷으로 갈아입는다

5분 뒤 도착한다는 휴대폰 진동에
현관 앞에 서서 기다린다

마침내 문이 열리자, 집 안 곳곳을 살펴보는
아들 내외의 눈빛은 세금 징수관처럼 매섭다

다행히 오늘은 무사히 넘어갔지만

벌써부터 다음 휴대폰 진동이 걱정이다

그녀의 눈빛

검은 눈동자와 긴 머리가 매혹적인 소녀
어린 날부터 짝사랑했건만
한 번도 그녀에게 간택 받지 못했다

친구들의 응원, 내가 이룬 큰 성취에도
그녀의 눈빛은 변하지 않았다

오랜 벗으로만 여길 뿐
그렇게 50년이 흘렀다

2024년 12월 중학교 동창회
흰머리 흩날리는 그녀의 눈빛이 달라졌다

"언제 세상을 떠날지 모르니,
작은 것이라도 나누며 살아야 해."

그녀는 마지막 남은 떡국떡 한 조각을
내 국그릇에 정성스레 담아 준다
그 순간, 나는 비로소 간택 받았다

선물

호스피스 창가에 노을이 스며든다
초침은 아버지의 가쁜 숨결처럼 위태롭게 흐르는데
아버지의 산소마스크가 희미하게 떨린다

"아빠, 제 배 속에 작은 심장이 콩닥거려요
아빠, 제 얘기 듣고 계시죠?"

엄마가 떠난 빈자리 홀로 지켜온 세월
아버지의 오랜 바람이었던 외동딸의 임신 소식

아버지의 메마른 눈썹이 파르르 떨리더니
눈가에서 흐르는 뜨거운 눈물이 베개를 적신다

다음 날 새벽 찬란한 햇살이 병실을 휘감는다
그 빛은 새 생명의 탄생을 알리는 종소리
아버지는 딸 손을 놓고 밤하늘의 별이 되었다

친구들은 조심스레 위로를 건넨다
"아버지가 작은 별을 선물로 주고 가신 거야"

국어 시간

고1 첫 국어 시간 박태기 선생님 눈동자는
초콜릿이 녹아든 듯 깊은 향기를 품고 있다

"나 보기가 역겨워 가실 때에는…"
김소월의 진달래꽃이 내 마음을 흔들고

이어 "내가 그의 이름을 불러주기 전에는…"
김춘수의 꽃이 무의미한 존재를 불러낸다

그 순간 나는
문학의 파도에 휩쓸려 심해로 빠졌다

선생님은 분필을 내려놓고 읊조리신다
"글은 마음의 거울, 삶을 비추는 창이다."

그 한마디, 내 마음의 밭에
깊이 뿌리내려 살아왔다

사랑하고 사랑받는 것으로서의 행복

권온

(문학평론가)

1

전시우가 시인의 이름을 얻은 때는 2023년이고, 그가 첫 시집 『와수리』를 간행한 시기는 2024년이다. 필자는 2025년이 저물어가는 중요한 시기 또는 2026년을 준비하는 긴요한 시기에 전시우의 두 번째 시집 『대청봉』을 읽는다.

전시우 시인은 뒤늦은 등단에 대한 아쉬움을 만회하려는 듯, 폭풍처럼 맹렬히 시작詩作에 전념하고 있다. 그가 이토록 열정적으로 시를 쓰는 이유는 무엇일까? 전시우는 원래 군인으로서 오랫동안 살아온 인물이다. 그는 대령으로서 전역한 이후 문학과 시를 향한 곡진한 마음을 시적 언어에 담아서 세상을 향해 타전한다. 또한 시인의 시를 향한 열정은 유튜브, 블로그 등의 매체와 함께 증폭되고 있다.

전시우의 이번 시집에는 시간, 공간, 인간 등에 관한 소중한 이야기가 가득하다. 그가 이 시집에 수록한 시들은 "어린 시절"부터 "2025년"에 이르기까지 폭넓은 시간의 영역을 포괄한다. 또한 이 시집에 수록된 시들은 "강원도 둔내"의 '고향'부터 "인사동 거리"에 이르는, 시골과 도시의 폭넓은 공간을 아우른다. 그리고 이 시집에 수록된 시들에는 할아버지, 할머니, 아버지, 어머니, 아내, 외아들, 며느리, 노인, 젊은이, 아저씨, 아줌마, 박태기 선생님, 시인 자신 등 다채로운 사람들이 등장한다. 전시우가 선택한 개성적인 시간, 공간, 인간에 대한 이야기를 직접 들어볼 시간이 다가왔다.

2

2024년 12월의 어느 날 이후부터 적지 않은 사람들은 쉽게 잠들지 못하였다. 불안과 공포의 감정이 가슴을 짓누르는 경험이 지속되었기 때문이다. 2025년 6월의 어느 날 이후부터 그와 같은 불안이나 공포의 감정은 조금씩 해소되었고 비로소 편안한 마음으로 잠들 수 있는 날이 늘어났다. 전시우의 다음 시는 2024년 12월과 2025년 6월 사이에 위치한 2025년

3월의 봄을 절묘하게 포착하고 있다.

    2025년 3월 22일 토요일 인사동 거리
전우 모임의 웃음꽃 아래
우연히 마주한 대통령 탄핵 찬반의 소용돌이

같은 하늘 아래 같은 땅에서
서로 다른 색의 꽃들이 피어 있다

손에는 깃발, 입에는 욕설
고막 찢는 확성기 포를 퍼부으며
서로의 밥그릇을 위해 격렬히 맞선다

같은 나라 다른 꿈
노인과 젊은이, 아저씨와 아줌마…

잘 익은 수박을 반으로 갈라놓고
"한쪽은 푸르다 한쪽은 붉다" 주장하는 것이다
봄은 어떤 색인가

― 「봄」 전문

아마도 대한민국의 역사에서 2025년은 대단히 중요한 시기로서 기록될 것이다. 전시우의 이 시는 2025년의 "봄"을 극적으로 포착한다. 이번 시의 1연 1행인 "2025년 3월 22일 토요일 인사동 거리"는 시간과 공간을 구체적으로 제시한다는 점에서 유의미하다. 구체성을 확보한 이와 같은 어구는 독자들의 상상력을 활발하게 증폭시켜서 시적 진실을 확보하는 데 기여한다.

시인은 이 시에서 대비되는 속성을 지닌 요소들을 곳곳에 배치한다. 첫째, 1연 3행의 "대통령 탄핵 찬반의 소용돌이"에 등장하는 '찬성'과 '반대'이다. 둘째, 2연 1행과 2행의 "같은 하늘", "같은 땅", "다른 색의 꽃들", 4연 1행의 "같은 나라 다른 꿈" 등에 제시되는 '같은'과 '다른'이다. 셋째, 5연 2행의 "한쪽은 푸르다 한쪽은 붉다"에서의 '푸르다'와 '붉다'이다.

전시우가 포착한 대비의 쌍은 '찬성'과 '반대', '같은'과 '다른', '푸르다'와 '붉다' 등에 한정되지 않는다. 우리는 4연 2행에 노출되는 "노인과 젊은이", "아저씨와 아줌마" 등의 사례에서도 세대와 성별의 대비를 확인할 수 있기 때문이다. 시인은 3연 3행에 "서로의 밥그릇을 위해 격렬히 맞선다"라는 시행을 배치함으로써, 이와 같은 대비, 대조의 퍼레이드가 돈의 문제이자 경제의 문제일 수 있음을 암시한다. 전시우는 5연 1행에 "잘 익은 수박을 반으로 갈라놓고"라는 진술을 배치함으로써, '잘 익은 수박'으로서의 대한민국의 분열을 염려한다. 필자는 시인의 염려가 기우에 그치기를 바란다. 곧 분열과 단절의 시국時局이 빨리 정리되어서, 우리의 현실이 온전한 봄의 계절에 도달하기를 희망한다.

단풍잎이 춤추는 늦가을

초등학교 3학년 외아들에게

특별한 추억을 선물하려 설악산에 올랐다

지팡이에 몸을 기댄 노파

낡은 사진을 품고 대청봉 표지석에 서 있다

백발 흩날리는 노파

금방이라도 쓰러질 듯 눈물 고인 얼굴

오늘이 마지막 산행일 것 같은데

누가 사진 한 장 찍어달라 부탁한다

구름처럼 모인 등산객들 순간 침묵한다

풀 죽어 내려오려는 할머니를 향해

카메라 셔터를 눌렀다

사진을 뽑아 강릉 사는 할머니께 보내자

감사의 손 편지가 날아왔다

외아들이 설악산에서 하늘로 떠난 후

27년째 아들 생일날 대청봉에 올랐다고 한다

—「대청봉」 전문

잠재된 시적 화자에 해당하는 전시우는 "초등학교 3학년 외 아들"과의 "특별한 추억을" 위해서 "설악산에 올랐다" 그의 눈에는 "대청봉 표지석에 서 있"는 "노파" 또는 "할머니"가 들어온다. 시인이 포착한 그녀는 "눈물 고인 얼굴"의 소유자이다. 노파 또는 "강릉 사는 할머니"에게는 어떤 슬픈 사연이 있는 것일까?

전시우는 "오늘이 마지막 산행일 것 같은", 노파의 사진 촬영을 위해서 "카메라 셔터를 눌렀다" "사진을 뽑아", 할머니에게 보낸 후 얼마쯤의 시간이 흘렀을까? 그에게는 노파가 보낸 "감사의 손 편지가 날아왔다" 시인은 뒤늦게 할머니의 처지와 자신의 상황이 놀랍게 닮아 있음을 알게 된다. 전시우에게 소중한 '외아들'이 있듯이 그녀에게도 잊을 수 없는 '외아들'이 있었던 것이다. 시인은 "설악산에서 하늘로 떠난", 아들을 생각하며 "27년째 아들 생일날 대청봉"을 찾은 노파의 심경에 공감했을 테다. 이제 설악산 대청봉의 높이는 할머니의 입장을 넉넉히 헤아리는 시인의 마음으로 연결된다. 따뜻함, 배려, 정情으로서의 시가 이렇게 탄생한다.

A4 용지 석 장에 가득 찬 항로들

주민센터 여직원이 고개를 좌우로 흔들며 "와~"한다

20대, 부평에서 첫 닻을 올리고 네 번의 파도를 넘고

30대, 인천 진해 조치원 대구 간성을 거쳐 열 번의 항로

40대, 속초 서울 광명 이천 계룡대를 지나 열두 번의 궤적

50대, 남양주 양주 의정부를 지나며 일곱 번의 발자국

은퇴, 용인 송도를 잇는 세 번의 여정

나는 마치 바람에 실려 떠다니는 구름처럼 떠돌아다녔다

아내는 혼자 짐을 싸며 눈물의 파도를 헤치는 고독한 항
해자

장롱을 들다 허리가 삐긋해 병원의 섬으로 실려 가고

외아들은 초·중학교 각 3번의 전학을 겪으며 외로운 쪽배
신세

고1 때 서울에서 용남고로 옮기자 석 달을 훌쩍이며 떠돌
았다

─「주민등록초본 ─ 군인의 이사」 전문

전시우 시인의 본명은 전상무이다. 강원도 횡성에서 태어
난 전상무는 20대부터 50대에 이르는 삶의 중요한 시기를 군
인으로서 보냈고 대령으로서 전역하였다. 시적 화자 '나'와
"아내"와 "외아들"이 주요 인물로서 등장하는 이 시는 "군인의
이사"에 대해서 천착한다.

"주민센터 여직원이 고개를 좌우로 흔들며", 감탄할 정도로
'나'와 가족의 이사는 화려하게 펼쳐졌다. 군인으로서의 '나'는

“부평”, “인천”, “진해”, “조치원”, “대구”, “간성”, “속초”, “서울”, “광명”, “이천”, “계룡대”, “남양주”, “양주”, “의정부” 등의 “항로들”을 탐색했다. 또한 “은퇴” 이후에도 “용인”, “송도”에서 “여정”을 이어갔다. ‘나’는 대한민국의 곳곳을 “바람에 실려 떠다니는 구름처럼 떠돌아다”닌 것이다.

‘나’의 ‘아내’는 숱한 이사의 연속 앞에서 “고독한 항해자”가 되어서 “눈물”을 흘리거나 “병원” 신세를 지기도 하였고, ‘외아들’은 반복되는 “전학” 속에서 “외로운 쪽배 신세”가 되었다. 이번 시에는 군인 가족으로서 겪어야 하는 아내와 슬픔과 아들의 고통이 절절하게 표현되어 있는 셈이다. 필자로서는 ‘나’와 가족이 견뎌야 했던 36번의 이사가 전시우 시인의 행복을 위한 밑거름이 되었기를 바란다.

어린 시절
비 오는 봄날이면
어머니와 텃밭에 상추를 심었다

텃밭은 금세 푸른 바다로 변해
상추가 파도처럼 넘실거렸다

비빔밥에 넣어 먹고
쌈 싸 먹고, 전 부쳐 먹고
먹고 먹어도 질리지 않는 맛이었다

늘 싱싱한 상추를 보면

어머니의 향기가 나고

어머니의 목소리가 귓가에 맴돈다

―「어머니와 상추」 전문

이번 시집에서 전시우가 주목하는 시기 중 하나는 "어린 시절"이다. 시인은 이 시에서 "어머니"와의 추억을 떠올린다. 소년으로서의 그는 "비 오는 봄날이면/ 어머니와 텃밭에 상추를 심었다" 소년이 심은 '상추'는 "파도"가 되고, '텃밭'은 "푸른 바다"가 되었다.

전시우에게 상추는 "먹고 먹어도 질리지 않는 맛"의 근원이었다. 상추는 수십 년의 세월이 흐른 지금까지도 그에게 "늘 싱싱한" 기억을 제공한다. 시인은 "상추를 보면"서, "어머니의 향기"와 "어머니의 목소리"를 연상하고 있기 때문이다. 독자들로서는 이번 시에 제시되는 "맛", "향기", "목소리" 등을 통해서 각자의 기억 속에 잠재되어 있는 미각, 후각, 청각 등 다양한 감각을 일깨워볼 일이다.

어린 시절 강원도 둔내의 비탈진 밭고랑

아버지는 소와 한 몸 되어 춤추듯 밭을 갈고

나는 돌을 주워 군데군데 쌓아 올린다

멀리서 어머니는 새참을 이고 오신다
바구니엔 막걸리 한 병과 개떡이 담겨 있다

아버지는 거친 손으로 땀을 닦으며 막걸리 드시고
나는 개떡을 입에 물고 연신 냠냠 짭짭

노을이 지면 아버지는 소꼴을 지고
나는 고삐를 잡고 아버지처럼 “이랴~” 외치면
소는 느린 걸음으로 집으로 안내한다

어느새 아버지의 나이를 넘어선 나
가끔 고향 집 밭에 서서 무너진 돌무더기를 본다

그 사이로 젊은 부모님이
막걸리를 기울이며 웃는 모습이 아른거린다
눈시울 붉히며 나는 돌 하나를 주워 다시 올린다
—「돌무덤」 전문

   “어린 시절”을 향한 전시우의 관심은 이 시에서도 지속된
다. ‘어린 시절’은 시인의 고향과 강하게 결속되어 있다. 그의
고향은 “강원도 둔내” 곧 강원도 횡성군 둔내면이다. ‘강원도
둔내’에서 펼쳐진 전시우의 어린 시절은 “소”, “밭”, “돌”, “새
참”, “막걸리”, “개떡” 등의 대상들과 연결되어 있다.

　소박하고 편안한 성격의 사물들 중에서 시인이 각별하게 주목하는 것은 ‘돌’과 관련된다. “돌 하나”, “돌무덤”, “돌무더기” 등으로 이어지는 ‘돌’ 관련 표현은 “돌을 주워 군데군데 쌓아 올린”, 어린 시절의 시적 화자 ‘나’를 재구성한다. 소년으로서의 ‘나’의 곁에는 “아버지”와 “어머니”가 있었다. 어린 시절의 ‘나’에게는 “젊은 부모님”이 계셨던 것이다.

　‘나’가 언제까지나 소년일 수는 없다. ‘나’는 시간의 흐름 속에서 청년과 중장년의 시기를 거쳐서 노년을 바라보는 나이에 도달하였기 때문이다. 전시우는 이 시의 5연에서 “어느새 아버지의 나이를 넘어선 나”가 “가끔 고향 집 밭에 서서 무너진 돌무더기를 본다”라고 진술한다. 고향의 밭과 돌무더기는 그대로인데, ‘나’의 곁에는 더 이상 부모님이 계시지 않음을 자각하는 순간, 우리는 “눈시울 붉히며”, 부모님을 생각하게 된다. ‘나’가 지금 부모님을 생각하듯이, 언젠가 ‘나’의 자식도 ‘나’를 생각하게 될까? 이 시를 곱씹으며 생각해 볼 일이다.

　　이삿짐을 싸다 발견한 사진 한 장
　　낡은 액자 속 낯선 미소가
　　백발로 변한 나를 빤히 쳐다본다

　　둔내 조항리 고향집 앞마당
　　까까머리 코흘리개 시절의 나

손에는 눈깔사탕을 쥐고
카메라를 향해 활짝 웃고 있다

그 웃음은 시간의 강을 건너온 듯
지금의 나에게 달빛처럼 속삭인다

"너는 여전히 행복하니?"

나는 눈을 감고 잠시 생각에 잠긴다
대답 대신, 낡은 액자를 꼭 끌어안았다

―「한 사람」 전문

이 시는 "한 사람"에 집중한다. 흥미롭게도 '한 사람'은 "시간의 강"에 따라서 2명의 '나'로 구분된다. 시적 화자 '나'는 "지금의 나"로서 "사진 한 장"에서 또 하나의 '나'를 발견한다. 지금의 '나'는 "백발로 변한 나"이며 "낡은 액자 속 낯선 미소"를 지닌 '나'는 "까까머리 코흘리개 시절의 나"이다.

과거의 '나'는 "눈깔사탕을 쥐고/ 카메라를 향해 활짝 웃고 있"는 소년이다. 이 시를 읽는 독자들의 마음을 흔드는 대목은 5연의 진술 "너는 여전히 행복하니?"일 수 있다. 행복한 소년이었던 과거의 '나'의 질문에 노인에 가까운 현재의 '나'는 어떤 대답을 할 수 있을까? 오늘날의 '나'는 "대답 대신, 낡은 액자를 꼭 끌어안"고 만다. 그것은 추억을 소중하게 여기는 전시우의 태도를 감동적으로 보여준다. 이렇게 '소년'이자 '노인'으로서의 '나'는 "한 사람"으로서 통합된다.

> 4살 때 땡볕에서 밭매다 할머니 돌아가셨다
>
> 15살 때 뚱뚱했던 중조할머니 돌아가셨다
>
> 26살 때 독주 마시다 할아버지 돌아가셨다
>
> 38살 때 집에서 넘어져 외할머니 돌아가셨다
>
> 49살 때 간경화로 쓰러져 아버지 돌아가셨다
>
> 57살 때 폐렴 합병증으로 어머니 돌아가셨다
>
> 63살 때 전립선암으로 작은 매제도 돌아가셨다
>
> 이렇게 모두 돌아가셨다
>
> —「이렇게 돌아가셨다」 전문

전시우가 이 시에서 주목하는 영역은 가까운 사람들의 '죽음'이다. 죽음은 그의 인생에서 익숙한 친구처럼 다가왔다. 시인은 "4살 때", "할머니"의 죽음을 겪었고, "15살 때", "중조할머니"의 죽음을 경험했다. 또한 그는 "26살 때", "할아버지"의 죽음을 치렀고, "38살 때", "외할머니"의 죽음을 겪었다.

전시우에게 증조할머니, 할머니, 할아버지, 외할머니 등의 죽음은 어느 정도 자신과는 거리감이 있는 사건으로서 수용되었을 수도 있다. 그러나 시인에게 "49살 때", "간경화로", "돌아가"신 "아버지"나 "57살 때", "폐렴 합병증으로", "돌아가"

신 "어머니"는 보다 직접적인 충격으로서 다가왔을 테다. 특히 그의 나이 "63살 때", 겪은 "작은 매제"의 죽음은 시인 자신의 죽음을 강하게 환기하는 계기가 되었을 것이다.

전시우는 이 시에서 "돌아가셨다"라는 동사를 반복함으로써 죽음의 필연성 또는 불가피성을 제시한다. 그는 2연에 "이렇게 모두 돌아가셨다"라는 진술을 배치함으로써 '모든 인간은 언젠가 죽음을 맞이하게 된다.'라는 엄숙한 진실을 밝히고 있다. 시인이 강조하는 죽음의 상황은 스스로에게도 적용될 것이고, 이 시를 읽는 독자들에게도 적용될 수 있다는 점에서 의미심장하고 보편적인 시적 울림을 전달한다. 또한 이 시는 일회적인 성격을 지닌 삶의 소중함을 드높이고 있다.

아들이 소개팅 가는 날
옷깃을 여미다 서둘러 나선다

엘리베이터 문이 열리자 급히 나서던 아들
그 순간, 아래층의 또래 여자가
엘리베이터 안으로 재빨리 들어선다

두 별의 찰나의 스침
"죄송합니다" 한마디만 남기고 사라졌다

카페에서 기다리던 소개팅녀는

아들을 꿰뚫듯 바라보더니 휙 나가 버린다

힘없이 돌아온 아들의 와이셔츠엔
뜻밖의 낯선 립스틱 자국이 번져 있다

며칠 뒤, 엘리베이터에서 다시 스친 두 사람
아들의 실연담에 그녀가 커피를 산다

그렇게 아래층의 그녀는
우리 집 며느리가 되었다

— 「립스틱」 전문

사람을 향한 애정 또는 사랑은 전시우 시의 대표적인 지향
점이다. 그가 사랑하는 사람들에는 아버지와 어머니가 있으
며, 아내와 아들도 있다. 특히 하나뿐인 아들을 향한 시인의
마음은 유난히 애틋하다.

이 시는 전시우가 사랑하는 아들에 관한 유쾌한 에피소드
를 다루고 있다. 이 작품을 이끄는 주요한 인물은 "아들"과
"아래층의 또래 여자"이다. 처음에 '아들'과 '아래층의 또래 여
자'는 같은 "엘리베이터"에서 "찰나의 스침"을 반복했을 뿐이
다. 그러나 "소개팅녀"와 아들의 "소개팅"이 "실연담"으로 마
무리된 후, 아래층의 또래 여자는 그를 위로하려고 "커피를"
샀을 것이다. 이후 "아들의 와이셔츠엔/ 뜻밖의 낯선 립스틱

121

자국이 번져 있"었고, "그렇게 아래층의 그녀는/ 우리 집 며느리가 되었다"

같은 아파트의 엘리베이터에서 스치듯이 마주쳤던 남녀가 소중한 인연을 맺게 되었다는 이야기는 독자들에게 신선하게 다가올 수 있다. 인연의 우연성은 필연성이 되고, 운명으로 전환되면서 '아들'과 '며느리'를 "두 별"의 형태로 상승시킨다. 곧 아들과 며느리를 2개의 '별'로 치환함으로써, 시인은 사람을 귀하게 여기는 따뜻한 마음의 궤적을 완성한다.

송년 시 축제의 밤, 67세 여자가 사회를 보는데
80세 최고령 회원이 막 시 낭송을 마치고
숨을 고르더니 마이크를 떨며 그녀에게 말한다

"내 남은 날들을 당신과 함께하고 싶습니다"
한쪽 무릎을 꿇고 장미 한 송이를 그녀에게 건넨다

순간 예술가의 집 홀 안은 얼어붙었다
이어 환호와 우레 같은 박수가 터져 나왔다

노인의 진심 어린 고백은 아무 예고 없이 찾아온
한편의 명시처럼 회원들의 가슴을 울린다

그녀 남동생은 고개를 저으며

“경로 우대할 일이 따로 있지” 반대한다

그때 20대에 혼자가 되어 아이들을 키운
99세의 친정어머니는 미소를 지으며
30대에 혼자된 그녀에게 말한다

“사랑은 나이를 묻지 않는다
고생 끝에 핀 꽃이니 기꺼이 맞이하거라”
—「예술가의 집」 전문

이 시에는 다양한 인물들이 등장한다. “예술가의 집”에서는 “송년 시 축제의 밤”이 열렸고 “67세의 여자”는 “사회를 보”고 “80세 최고령 회원”으로서의 “노인”은 “시 낭송을” 한다. 그는 “그녀에게”, “한쪽 무릎을 꿇고 장미 한 송이를”, 주면서 “내 남은 날들을 당신과 함께하고 싶습니다”라고 이야기한다.

전시우는 “아무 예고 없이 찾아온”, 남자의 “진심 어린 고백”을 “한편의 명시처럼” 받아들인다. 시인은 노인의 “나이”에 주목하는 대신 “가슴을 울린” 그의 발언과 행동에 집중한다. 여자의 “남동생”은 노인의 나이를 들며 “반대”했으나 그녀의 “친정어머니는 미소를 지으며” 발언한다. “사랑”은 “고생 끝에 핀 꽃이니 기꺼이 맞이하”라는 “99세”, ‘친정어머니’의 말씀은 우리에게 어떻게 다가오는가?

시와 예술은 진정한 ‘사랑’의 산물일 수 있다. 이 시를 읽는 독자들 역시 시인이자 예술가일 수 있다. 누군가와 함께할 수 있다면 그것만큼 멋진 순간도 없을 테다. 서로가 서로의 눈을 바라보면서 함께 이야기하고, 웃으며, 밥을 먹고, 차를 마시는 행운의 순간이 67세의 그녀에게, 80세의 그에게, 또 우리 모두에게 오랫동안 허락될 수 있기를 간절히 바랄 뿐이다.

고1 첫 국어 시간 박태기 선생님 눈동자는
초콜릿이 녹아든 듯 깊은 향기를 품고 있다

"나 보기가 역겨워 가실 때에는…"
김소월의 진달래꽃이 내 마음을 흔들고

이어 "내가 그의 이름을 불러주기 전에는…"
김춘수의 꽃이 무의미한 존재를 불러낸다

그 순간 나는
문학의 파도에 휩쓸려 심해로 빠졌다

선생님은 분필을 내려놓고 읊조리신다
"글은 마음의 거울, 삶을 비추는 창이다."

그 한마디, 내 마음의 밭에
깊이 뿌리내려 살아왔다

시 「국어 시간」은 단순한 문학 작품이 아니다. 시적 화자 '나'에게 "국어 시간"은, "고1 첫 국어 시간 박태기 선생님 눈동자"를 접한 순간은, 삶의 방향성이 새롭게 정립되는 시간이기 때문이다.

'나'는 '박태기 선생님'과의 국어 시간에 "김소월의 진달래꽃"을 읽으며 "내 마음"의 흔들림을 경험하였고, "김춘수의 꽃"을 접하며 "무의미한 존재"에 대해서도 생각하게 되었다. '나'는 "문학의 파도에 휩쓸려 심해로 빠졌"고, "초콜릿이 녹아든 듯 깊은 향기를 품"게 된 것이다.

"글은 마음의 거울, 삶을 비추는 창이다."라는 박태기 선생님의 말씀은 고등학생 전상무의 "마음의 밭에/ 깊이 뿌리내"리게 되었고, '국어', '글', '문학', '시'를 향한 전상무의 깊은 마음은 인생 전체의 신조가 되고 모토motto가 되어서 마침내 시인 전시우를 탄생시키기에 이르렀다.

3

필자는 독자들과 함께 전시우의 두 번째 시집 『대청봉』을 읽어 보았다. 그가 이번 시집에서 펼쳐 보이는 시 세계는 다음과 같은 주요한 지향점들을 갖고 있다. 첫째, 시인은 고향과 어린 시절에 관해서 지속적인 탐구를 진행하였다. 둘째,

전시우는 인간을 향한 애정과 사랑을 넓고 깊게 형상화하였다. 셋째, 시인은 개인과 사회의 역동적 관계성을 자신의 시에 온전히 담아내려고 노력하였다.

전시우의 시에는 순수함과 따뜻함과 간절함이 내재한다. 우리는 이번 시집에 수록된 시들을 읽으며 "감사"(「대청봉」), "행복"(「한 사람」), "사랑"(「예술가의 집」), "삶"(「국어 시간」) 등의 의미와 가치를 확인할 수 있다. 조르주 상드George Sand는 언젠가 '삶', '행복', '사랑' 등과 관련하여 "삶에서 단 하나의 행복은 사랑하고 사랑받는 것이다.(There is only one happiness in life, to love and be loved.)"라고 이야기하였다.

조르주 상드의 언급은 전시우가 이번 시집에서 추구하는 지향점과 연결된다. 우리는 누군가에게 자신의 사랑을 줄 수도 있고, 누군가로부터 사랑을 받을 수도 있다. 중요한 바는 사랑의 주고받음으로부터 행복을 경험할 수 있고, 그것은 삶의 의미와 가치를 상승시킨다는 점이다. 필자를 포함한 많은 독자들은 앞으로도 시인의 사랑 탐구와 행복 찾기가 끊임없이 이어지기를 바랄 것이다.

| **전시우** |

본명 전상무. 강원도 횡성에서 출생하여 대령으로 전역하였다. 중앙대 문예창작 전문가과정을 수료하였고, 2023년『문학나무』로 등단하였다. 시집으로『와수리』가 있으며 유튜브 〈시낭송 전시우 TV〉와 네이버 블로그 〈명시감상 전시우 시인 방〉을 운영하고 있다.

이메일 : jsangmoo@hanmail.net

현대시 기획선 149

대청봉

초판 인쇄 · 2026년 1월 10일
초판 발행 · 2026년 1월 15일
지은이 · 전시우
펴낸이 · 이선희
펴낸곳 · 한국문연
서울 서대문구 증가로29길 12-27, 101호
출판등록 1988년 3월 3일 제3-188호
편집실 | 서울 서대문구 증가로31길 39, 202호
대표전화 302-2717 | 팩스 · 6442-6053
디지털 현대시 www.koreapoem.co.kr
이메일 koreapoem@hanmail.net

ⓒ 전시우 2026
ISBN 978-89-6104-416-5 03810

값 13,000원